## Die Flutnovelle
Niederbayern 2016

Für Karin

A. A. Reichelt

# Die Flutnovelle
Niederbayern 2016

*Bibliografische Information der Deutschen Nationalbibliothek: Die Deutsche Nationalbibliothek verzeichnet diese Publikation in der Deutschen Nationalbibliografie; detaillierte bibliografische Daten sind im Internet über http://dnb.dnb.de abrufbar.*

*TWENTYSIX – Der Self-Publishing-Verlag*
*Eine Kooperation zwischen der Verlagsgruppe Random House und BoD*
*– Books on Demand*

*© 2016 A. A. Reichelt*

*ISBN: 978-3-7407-1493-2*

*Lektorat: Bianca Weirauch*
*Umschlaggestaltung: Michaela Adler*
*Titelbild:©Privat, frenky362 – Fotolia.com*

*Herstellung und Verlag:*
*BoD – Books on Demand, Norderstedt*

*Die Erzählung ist frei erfunden. Ähnlichkeiten mit wirklichen Personen oder Ereignissen sind nicht beabsichtigt und rein zufällig.*

# Inhaltsverzeichnis

Vorwort...........................7

Am Morgen......................10

Am Mittag.......................13

Am Nachmittag -
Die Welt entgleist.............15

Am Nachmittag –
Die Flut........................20

Am Nachmittag -
Im Wasser......................42

Am frühen Abend -
Im Trockenen..................52

Am späten Abend -
Dunkelheit.....................63

Am späten Abend -
Hoffnung.......................66

Am späten Abend -
Verzweiflung...................67

# Vorwort

Als ich am 1. Juni 2016 vom Hochwasser in Niederbayern erfuhr, nahm ich unverzüglich Kontakt zu meinen Freunden im Katastrophengebiet auf. Einige hatten tatsächlich ihren gesamten materiellen Besitz verloren. Wenige Stunden später riss der Kontakt aufgrund des Zusammenbruchs des Handy- und Telefonnetzes ab. Da mich große Sorge um das Wohlbefinden meiner Freunde plagte, machte ich mich mit Begleitung auf den Weg, sie zu besuchen und Hilfe zu leisten. Was ich auf meiner Odyssee durch die Flutregion alles sah, Emotionen, menschliche und dingliche Katastrophen, das setzte mir schwer zu. Meine

Bekannten waren alle wohlauf, es war ›nur‹ Materielles verloren gegangen.

Als ich aber am nächsten Morgen beim Frühstück saß, kamen mir unvermittelt die Tränen. Ich hatte das Gesehene noch nicht verarbeitet. Also ging ich in mein Schreibzimmer und begann, die Flut in vorliegender Novelle zu thematisieren. Erst als alles aufgeschrieben war, erlangte ich mein emotionales Gleichgewicht zurück, wie wohl mich bis heute Alpträume plagen.

»Die Flutnovelle« ist natürlich erfunden - die Personen, die Details und die konkrete Handlung. Jedoch die Eindrücke sind wahr, real und echt.

Die Tage und Wochen danach waren geprägt von Wiederherstellungsarbeiten, emotionalem und tätigem Beistand, der überall geleistet wurde. Der Dank gilt allen, die zu helfen bereit waren.

Vielen Dank!

A. A. Reichelt
Juni 2016

1. Juni 2016

## **Am Morgen**

### Triftern

»War ja klar, dass es heute wieder regnet!« Steffi Anzinger saß an ihrem Platz im Esszimmer und frühstückte.

»Ja, es könnte jetzt wirklich mal wieder aufhören«, antwortete ihr Vater Alfons. »Der Altbach steht schon ganz schön hoch.«

Seine Tochter drehte sich um und sah aus dem Fenster, während sie an ihren Cornflakes weiterkaute. Ein Tropfen Milch löste sich von ihrem Kinn und landete auf dem Ärmel ihres Lieblingsshirts.

»Na toll!«

Sie stand auf und versuchte, sich den Fleck mit dem Spüllappen abzutupfen.

»Zieh halt was anderes an.«

»Ich hab nix mehr. Ich müsste mal wieder bügeln.«

Seit dem Tod ihrer Mutter hatte die sechzehnjährige Tochter die Hausarbeiten übernommen. Sie mochte diese Arbeiten sogar, hatte aber gerade sehr wenig Zeit dafür, weil sie ein Praktikum in einem lokalen Betrieb absolvierte.

»Heute Nachmittag habe ich frei, weil die in der Firma eine neue Software bekommen. Da haben sie nicht einmal die üblichen Hilfsarbeiten für mich.« Damit standen ihre Aktivitäten für diesen Tag bereits fest: waschen, bügeln, putzen.

Alfons zog sich seine Regenjacke an, nahm einen Schirm und gab seiner

Tochter einen Kuss auf die Stirn. »Ich fahre jetzt auch ins Büro. Wir sehen uns um fünf Uhr. Ich bringe Döner mit.« Da er auf seinem täglichen Heimweg von Pfarrkirchen an einem Schnellimbiss vorbeikam, kaufte er dort häufig ein. Seine Abo-Karte füllte sich regelmäßig.

Zehn Minuten später verließ auch Steffi das Haus und ging zu Fuß Richtung Praktikumsplatz im Kern von Triftern.

# Am Mittag

Triftern

Steffi hatte den Vormittag damit verbracht, Akten zu vernichten. Als sie sich nun auf dem kurzen Fußmarsch nach Hause befand, bemerkte sie einen leichten Tinnitus vom Geräusch des Reißwolfs. Die letzten Meter vor der Wohnung legte sie den Kopf in den Nacken, hielt sich die Nase zu und versuchte durch einen Druckausgleich, das Pfeifen aus den Ohren zu bekommen.

Sie genoss die Regentropfen im Gesicht. Frisch fühlten sie sich an.

Nachdem sie endlich den Schlüssel in ihrer Tasche gefunden hatte, sich in der Wohnung der nassen Schuhe und Jacke entledigt hatte, ließ sie sich auf das Sofa fallen. Sie sandte ihrem Vater noch kurz eine SMS mit der Nachricht, dass sie sich nun einen Mittagsschlaf gönnen würde, und schloss dann die Augen. Wie beruhigend das Rauschen des Wassers in der Dachrinne klingen konnte. Langsam sank sie in den Schlaf.

# Am Nachmittag -
# Die Welt entgleist

Pfarrkirchen

Alfons Anzinger durfte vor zwei Jahren ein eigenes kleines Büro beziehen. Nichts Besonderes, aber immerhin bestand die Möglichkeit, dieses bei kleinem Budget selbst einzurichten. Zwei Drittel der Mittel hatte er für eine gute Stereoanlage ausgegeben, was einige Diskussionen mit dem Orgabereichsleiter zur Folge hatte. Aber es war ihm gelungen, diesen davon zu überzeugen, dass eine gute Beschallung die Grundlage für effizientes Arbeiten war. Nur so gelang es ihm schließlich, sich vom Straßenlärm abzulenken. Zum ersten Mal an diesem Tag hörte er nun die Nachrichten.

Er würde sich später nicht mehr an den Wortlaut erinnern können. Nur einige Schlagwörter blieben haften.

›Handy- und Telefonnetz in Triftern zusammengebrochen.‹

›Stromausfall.‹

›Hochwasser.‹

›Wassereinbruch so schnell, dass Menschen in ihrem Haus überrascht und eingeschlossen wurden.‹

›Katastrophenalarm.‹

›Einsatzkräfte.‹

›Helikopter retten Menschen von Hausdächern.‹

Er nahm sein Smartphone und wählte die Nummer seiner Tochter.

Kein Dienst.

Er versuchte es mit dem Festnetzanschluss.

Kein Dienst.

Er benutzte einen Messagedienst, der via Internet funktionierte, doch die Nachricht erreichte seine Tochter nicht.

Nun bekam er es mit der Angst zu tun. In einer Bewegung klappte er mit der einen Hand den Laptop zu, mit der anderen zog er den Schlüssel aus der Hosentasche und ging Richtung Bürotür. Im Vorbeigehen nahm er seine Jacke, öffnete die Tür und trat in den Flur. Sein Chef kam auf ihn zu, einen Packen Akten in der Hand.

»Zu Ihnen wollte ich gerade. Wir haben eine dringende Sache hereinbekommen, die heute noch fertig werden muss.« Als er seinen Angestellten auf sich zukommen sah, wurde er gewahr, dass dieser nach Hause gehen wollte.

»Ich muss weg! In Triftern ist Hochwasser. Ich muss nach meiner Tochter sehen.« Sein Blick verriet, dass er nicht darüber diskutieren würde.

»Sie können hier nicht einfach kommen und gehen, wann Sie wollen.« Sein Chef war noch von der alten Schule, was bedeutete, dass sein Verständnis von beruflicher Autorität einer Diktatur ähnelte.

Alfons blieb stehen, sah seinem Arbeitgeber in die Augen und sagte: »Es geht jetzt um meine Tochter. Ihre Meinung interessiert mich gerade überhaupt nicht. Wiedersehen!«

Ohne eine Erwiderung zuzulassen, drehte er sich von ihm weg und ging weiter. Als er kurze Zeit darauf sein Auto anlassen wollte, hatte er Probleme, den Schlüssel in das Zündschloss zu bekommen. Seine Hand zitterte zu stark. Er legte ihn auf den Beifahrersitz, atmete mehrmals tief durch und sagte zu sich selbst: »Wird schon alles gut sein. Bleib ruhig jetzt.«

Nun konnte er wenigstens losfahren. Den ganzen Weg nach Triftern über war er in Gedanken bei Steffi. Sein über alles geliebter Schatz. Seit dem Tod seiner Frau gab es für ihn nichts von Bedeutung außer seiner Tochter. Sie war sein Ein und Alles. Hatte er ihr heute überhaupt schon gesagt, wie sehr er sie liebte?

# Am Nachmittag – Die Flut

Triftern

Als er den letzten Hügel vor dem Trifterner Ortsanfang hinunterrollte, sah er bereits das Ausmaß der Verwüstung. Der gesamte Bereich um den Altbach stand meterhoch unter Wasser. Sich der Absperrung durch die Feuerwehr nähernd, traute er seinen Augen kaum: Mitten durch den Ort schwamm ein Auto. Räder nach oben. Es wirkte alles so unwirklich. Den Wagen stellte er an den Straßenrand und ging zu Fuß bis zu einer jungen Frau in Dienstkleidung des Technischen Hilfswerks.

»Kann ich durch bis zum Ortskern? Meine Tochter muss da irgendwo sein.«

Noch während er die Frage stellte, sah er einen Helikopter mit einem Seil über einem Haus schweben, auf dessen Dach sich Menschen gerettet hatten. Eine Einsatzkraft seilte sich ab und nahm die in Not geratenen Bewohner auf. Szenen, wie er sie aus den Berichten über Tsunamis und andere schwere Naturkatastrophen kannte. Aber nicht aus dem Rottal.

»Da geht gerade gar nichts. Überall treiben Trümmer umher. Vielleicht ist Ihre Tochter bereits gerettet. Geben Sie mir doch die Personalien. Haben Sie ein Foto?«

Natürlich hatte er ein Foto. Auf dem Smartphone. Nur leider keines, das er hätte weitergeben können. Aber zumindest den Namen konnte er der Helferin geben. Während sie noch miteinander sprachen, fuhr ein Fahrzeug vorbei, das auf einem Anhänger ein Boot geladen hatte.

*»Das ist wohl der Unterschied zwischen einem Wasserschaden und einer Naturkatastrophe. Wenn statt der lokalen Feuerwehr alle Feuerwehren der Umgebung plus THW und Wasserwacht anrücken, kann man wohl von einer Naturkatastrophe sprechen.«* Diese Gedanken wurden jäh unterbrochen, als er den Fahrer des Wagens erkannte. Er machte unmittelbar einen Satz und sprang seinem alten Freund in den Weg.

»Spinnst du, oder was!«, hörte er diesen schimpfen. Alfons trat an die Fahrertür und antwortete durch die geöffnete Scheibe.

»Sepp, grüß dich! Du, die Steffi ist

wahrscheinlich noch im Haus. Fährst du da jetzt hin?«

»Ja! Ich will genau Eure Straße mit dem Boot abfahren und sehen, ob noch jemand aus den Häusern zu retten ist.«

Die Hoffnung stand dem besorgten Vater ins Gesicht geschrieben.

»Hüpf rein! Fährst halt mit! Aber wenn du ersäufst, ist es vorbei mit der Freundschaft. Dann krieg ich dermaßen Ärger. Obwohl - ich bin ja im Grunde privat hier. Unsere Wasserwacht ist nicht angefordert worden.«

»Passt! Zur Not ersaufe ich dann halt leise.«

Das Gespann setzte sich in Bewegung und sie stießen weiter Richtung Hochwasserzentrum vor. Was sie auf diesen fünfhundert Metern zu sehen bekamen, würden sie beide nicht so schnell vergessen. Sie kamen nur sehr langsam voran. Überall rangierten Feuerwehrautos und Rettungsfahrzeuge. Ein größeres Gefährt der Feuerwehr rammte gerade beim Wenden einen Anhänger eines Fernsehteams, wodurch eine mobile Sendeeinrichtung umfiel und in mehrere Teile zersprang. Der dazugehörige Kameramann rannte daraufhin zu seiner Ausrüstung und schrie den Helfer an. Im Hintergrund dieser Szene schwamm gerade ein Kleinwagen auf dem Hochwasser vorbei. Der Fahrer hatte sich auf das Dach gerettet und versuchte, am Balkon eines Hauses Halt zu finden, das er gerade passierte.

»Bist du deppert!«, entfuhr es Alfons. Sie wollten weiterfahren, aber vor ihnen lag ein Schlafzimmerschrank auf der Straße, vollständig intakt und voller Kleidung.

»Den müssen wir wegräumen. Hilf mir schnell!« In Sepps Gehirn hatte nun die Rettungskraft das Kommando übernommen. Beide sprangen aus dem Wagen und versuchten, den Schrank beiseitezuziehen. Aber weil sich die darin befindlichen Kleidungsstücke mit Wasser vollgesaugt hatten, schienen die beiden keine Chance zu haben. Nach etlichen Versuchen, das Möbelstück anzuheben, gaben sie vor Anstrengung ächzend auf. Zur selben Zeit hatten sie die gleiche Idee und platzten damit heraus: »Ausräumen!«

So schnell sie nur konnten, packten sie die von Schlamm und Dreckwasser triefenden Textilien und schleuderten sie in einen Garten, der an die Straße angrenzte. Während dieser Aktion regnete es weiter, mit dem Ergebnis, dass sie komplett durchnässt waren, als der Schlafzimmerschrank endlich beseitigt war. Wieder im Fahrzeug sitzend waren sie außer Atem, froren und hatten bereits jetzt die Nase gehörig voll.

Ihr Wille voranzukommen war jedoch ungebrochen. »Weiter geht´s!«

Nach ungefähr fünfzig Metern stießen sie auf das nächste Hindernis. Ein Sofa war auf die Fahrbahn geschwemmt worden. Sie hielten direkt davor und blieben sitzen.

Sepp ergriff das Wort.

»Weißt, was mir grad auffällt? Dass da ständig Schwemmgut auf der Straße liegt, zeigt an, dass die Pegel bereits gesunken sind. Weil sonst müsste hier ja noch Wasser sein.« Damit hatte er natürlich recht. »Und noch was: Ich steig da jetzt nicht mehr aus. Das Sofa wiegt bestimmt eine Tonne.«

Er setzte fünfzehn Meter zurück.

»Bist du angeschnallt?«

Dieser Satz verhieß nicht Gutes. Er gab Vollgas. Mit einem lauten Knall stießen sie das Sitzmöbel von der Fahrbahn in eine abzweigende Hofeinfahrt.

»Erinnere mich dran, dass ich mit dir niemals in einen Autoskooter steige!«, sprach Alfons und grinste dabei zu seinem Freund hinüber.

Fünfzig Meter weiter gab es dann kein Weiterkommen mehr. Ein Knäuel aus Einsatzfahrzeugen und Schaulustigen verstopfte beinahe jeden Zentimeter der Straße. Einzelne Polizisten versuchten, die Gaffer dazu zu bewegen, Platz zu machen, doch diese wehrten sich zum Teil sehr vehement.

»Jetzt müssen wir das Boot die restliche Strecke bis zum Wasser tragen.« Keiner der beiden Freunde war von diesem Gedanken begeistert. Trotzdem stiegen sie aus und machten sich ans Werk. Neben ihnen schnauzte gerade eine ältere Dame einen Helfer an: »Deutschland ist ein freies Land. Ich darf stehen, wo ich möchte. Ich will sehen, was da los ist.« Nachdem die Diskussion einige Male hin- und hergegangen war, platzte Alfons der Kragen.

»Hau jetzt ab, sonst gehst du baden!« Er machte einen Schritt auf sie zu. Die Frau blickte ihn entsetzt an und ging rückwärts aus dem Weg. Damit hatte sie nicht gerechnet.

Sepp grinste ihn an: »Alles klar?«

»Ja, wir kämpfen hier um Menschenleben und die alte Schachtel kommt mit den Grundrechten.« Noch während er diesen Satz aussprach, begannen mehrere Feuerwehrleute um sie herum zu klatschen.

Sepp löste die Fixierung des Bootes und zusammen hoben sie es vom Anhänger. Es war deutlich leichter, als es aussah. Zu zweit trugen sie es weiter Richtung Wasserlinie. Dort streiften sie sich Rettungswesten über. Sepp instruierte seinen Begleiter: »Also, wenn dich wer fragt, wir sind bei der Wasserwacht. Und wennst was anderes sagst, dann fängst eine.« Sepp lächelte ihn freundschaftlich an. »Ich bin ja hier nicht im offiziellen Einsatz, sonst wären wir mindestens zu zweit auf dem Boot. Aber ich konnte nicht zu Hause sitzen und im Fernsehen zuschauen. Wir fahren jetzt in Richtung deines Hauses. Bloß wenn wir auf dem Weg dahin jemand bergen müssen, dann halten wir an und tun das. Dann will ich nix hören.«

Alfons nickte.

»Gut, dann geht es los.«

Sie wollten gerade das Boot zu Wasser lassen, als ein Esstisch an ihnen vorbeischwamm. »Den lassen wir noch durch.« Auch wenn dieser Satz so klang, als wäre es das Normalste der Welt, war ihnen beiden klar: Normal war hier nichts mehr.

Sie stiegen in das Boot und Sepp startete den Motor. Langsam fuhren sie Richtung Zentrum der Überschwemmung. Hinter einem Haus stand eine Frau bis zur Brust im Wasser und hielt sich an einer Pergola fest, die bereits bedrohlich instabil wirkte.

Alfons bemerkte sie als Erster und zeigte zu ihr hinüber: »Da, die müssen wir retten.«

Sofort steuerten sie die Frau an und halfen ihr in das Boot. Sie war mit ihren Kräften am Ende und zitterte am ganzen Körper. Schnell warfen sie ihr eine Decke über und kehrten um, damit sie die Frau bei der provisorischen Sanitätsstation abliefern konnten. Sie roch nach Heizöl. »Als Erstes ist unser Heizungskeller vollgelaufen. Dann kam das Wasser innerhalb weniger Minuten von allen Seiten. Ich habe es nicht mehr die Treppe hinaufgeschafft. Meine einzige Chance war ein zerborstenes Fenster. Unser Heizöltank hat mich dann beim Wegschwimmen gegen den Sichtschutz gedrückt. Ein Wunder, dass ich noch lebe.« Die Erzählung wurde immer wieder durch ihre bebenden Lippen unterbrochen.

»Jetzt bringen wir Sie erst einmal in Sicherheit. Ist noch jemand im Haus?«, erkundigte sich Sepp.

»Nein, mein Mann ist in der Arbeit. Da ist keiner mehr.«

Gegen die Strömung kamen sie deutlich langsamer voran. Aber nach zwei Minuten hatten sie ihren Ausgangspunkt wieder erreicht. Sie setzten die Frau ab und machten sich erneut auf die Fahrt in die Fluten.

»Halt dich fest!«, hörte Alfons seinen Freund plötzlich rufen. Er packte den Rand des Bootes mit beiden Händen.

Als er sich umwandte, sah er einen Opel Corsa auf sie zuschwimmen. Gott sei Dank kam es nur zu einem leichten Kontakt, der ohne Folgen blieb.

»Das wird mir jetzt zu gefährlich. Wir müssen warten, bis die Strömung nicht mehr so stark ist«, folgerte Sepp.

»Sepp, es geht um meine Tochter. Bitte lass uns noch ein bisschen weiter fahren. Wenn noch mal ein Auto daherschwimmt, dann drehen wir um.«

»Mann, was ich mir wegen dir wieder antue!«

Langsam näherten sie sich der Straße am Altbach, in der sein Haus stand. Am ersten Haus wurde im ersten Stockwerk ein Fenster geöffnet und ein junger Mann rief um Hilfe. Sie beschleunigten das Boot und fuhren zu dem Gebäude.

»Legen Sie sich die Weste um!«, rief Alfons und reichte dem Flutopfer eine mitgebrachte Schwimmweste. Dann half er ihm, ins Boot zu steigen. Um besseren Halt zu haben, stieg er mit einem Fuß auf das danebenliegende Balkongeländer. Erst jetzt bemerkte er, wie stark die Strömung war. Obwohl sein Bein nur etwa dreißig Zentimeter unter Wasser war, konnte er es kaum absetzen. Es zog ihn fast aus dem Boot.

»Lass deinen Fuß im Boot!«, riet ihm sein Freund. Dieser Anweisung folgte er nur zu gerne. Unter einigem Geschaukel schafften sie es, den Mann in das rettende Boot zu hieven.

Erneut drehten sie, um den Geretteten bei Helfern am Ufer abzuliefern. Alfons legte auch seinem gerade geborgenen Nachbarn eine Decke um und fragte: »Alex, weißt du was von der Steffi? Hast du gesehen, ob sie schon aus dem Haus herausgekommen ist?«

»Keine Ahnung! Am anderen Ende der Straße konnten sie vom Trockenen aus Leute evakuieren, als das Wasser noch nicht so hoch war. Kann sein, dass sie dabei war. Aber gesehen hab ich sie nicht. Ich habe noch versucht, mit Sandsäcken und Brettern meine Fenster und Türen zu sichern, aber ich hatte keine Chance. Das kam so schnell daher, ich hätte es fast nicht mehr in den ersten Stock geschafft.«

Alfons dachte kurz nach. Er musste einfach zu seinem Haus durchkommen, um zu sehen, ob sich Steffi in das obere Geschoss hatte retten müssen.

Nachdem sie den völlig durchnässten Mann ans ›trockene‹ Land gebracht hatten, wollten sie wieder aufbrechen. Doch sie wurden von einem wichtig wirkenden Mann in Uniform aufgehalten.

»Sagt mal, wer seid ihr denn überhaupt? Ohne Schutzkleidung und zu zweit. Seid ihr verrückt?« Er besah sich das »Rettungsboot«. »Und diese Nussschale ist auch nicht für so einen Einsatz geeignet. Jetzt kommt aber raus aus dem Wasser!«

Sepp zog das Boot an Land, stieg aus und ließ die Schultern hängen. Sein Gesichtsausdruck schien eine Mischung aus Erleichterung und Verständnis zu zeigen.

Alfons hingegen dachte nur an seine Tochter. In dem Moment, als sein Kompagnon sein Boot verließ, zog er es zurück ins Wasser und fuhr los.

»Halt! Spinnst du?!« Die beistehenden Einsatzkräfte versuchten, ihn noch zur Umkehr zu bewegen. Doch sein Entschluss stand fest. Er musste es einfach wagen. In seinem Leben gab es nichts von Bedeutung außer seiner geliebten Tochter.

Diesmal steuerte er, ohne nach rechts oder links zu sehen, direkt sein eigenes Haus an. Dabei passierte er ein Rettungsboot der Wasserwacht, besetzt von vier Mann in voller Montur: Helme, Rettungswesten, Schutzanzüge, mit Seilen aneinandergeknüpft. Nun wusste er, warum sie selbst zuvor aus dem Wasser geholt werden sollten. Der Gefährlichkeit des eigenen Verhaltens war er sich ohnehin gewahr. Als er diese vier nun dabei beobachten konnte, wie sie in höchster Professionalität einen Mann in ihr Boot holten, kam er sich noch unvernünftiger vor.

Als er etwa fünfundzwanzig Meter von seinem eigenen Haus entfernt war, begann sein Herz noch schneller zu schlagen. Er sah das ganze Ausmaß der Verwüstung. Das gesamte Erdgeschoss war überflutet. Durch die zerborstene Wohnzimmerscheibe trieb gerade sein Sofa. Als er näher kam, bemerkte er die Decke seiner Tochter darauf. Zerknüllt und nass. Unter der Decke lugte etwas heraus. Er erkannte einen Schuh. Den linken Sneaker seiner Tochter. Wie oft hatte er ihr schon gesagt, sie solle nicht erst unter der Decke ihre Schuhe ausziehen. Seine

Gedanken überschlugen sich. Hatte sie nicht einmal mehr die Zeit, sich anzuziehen? Befand sie sich etwa noch in den überfluteten Räumen? Ihm wurde schwindelig. Er steuerte langsam das Wohnzimmerfenster an. Als das Boot die Hauswand tuschierte, bekam er das Edelstahlsims zu fassen, das den Verputz der unteren Gebäudehälfte von der Holzbeplankung der oberen trennte. Mit ausgestelltem Motor konnte er sich nun am Haus entlanghangeln. Der Wasserstand ließ einen Blick in die jeweiligen Räume zu. Als er am Wohnzimmer ankam, hatte sich das Sofa bereits einhundert Meter weit der Strömung ergeben.

Bevor er hineinsehen konnte, musste er Luft holen. Mehrere tiefe Atemzüge waren notwendig, um ausreichend

Mut zu haben, einen Blick zu riskieren. Ruckartig riss er den Kopf nach unten und schaute in sein völlig zerstörtes Haus. Die Möbel schwammen umher, nichts befand sich mehr an seinem ursprünglichen Platz. Jedes Mal, wenn er seine Blickrichtung wechselte, hatte er große Angst, seine Tochter im Wasser treiben zu sehen. Doch er konnte sie nirgends entdecken.

»*Finanziell bin ich jedenfalls ruiniert*«, schoss es ihm durch den Kopf. Bei diesem Gedanken zu verweilen, erlaubte seine Sorge um Steffi nicht. Er hangelte sich weiter von Fenster zu Fenster, registrierte die Verwüstung jedoch nur nebenbei.

»Hier ist sie also nicht. Dann konnte sie sich vielleicht retten!«, sprach er sich selbst Mut zu. Langsam erhob er den Kopf zum Himmel und rief: »Danke, Gott!«

Er blickte der Strömung nach und sah, dass etwa einhundertfünfzig Meter weiter eine Gruppe von Menschen stand. Nachdem er den Außenbordmotor wieder gestartet hatte, gab er einfach Gas und steuerte die Menschengruppe an. Kurz bevor er dort ankam, rammte ein Baumstamm das Boot, woraufhin es sofort kenterte. Im Bruchteil einer Sekunde landete er im Wasser.

# Am Nachmittag -
# Im Wasser

Erst jetzt, wo er selbst in die Fluten gefallen war, wurde er sich der enormen Strömungskraft vollends bewusst. Ohne seine Rettungsweste hätte er nicht über Wasser bleiben können. Er versuchte zu schwimmen, doch unter Wasser wurde er immer wieder schmerzhaft von Treibgut getroffen, weshalb er keine koordinierten Bewegungen vollführen konnte. Gerade als ihm die Kraft auszugehen drohte, erreichte ihn ein Seil vom rettenden Ufer. Die Beistehenden hatten es zu ihm geworfen, um ihn aus dem Wasser zu ziehen. Er schloss die Augen und klammerte sich so fest daran, wie er nur konnte. Stück für Stück wurde er an Land gezogen. Dort angekommen, blieb er erst einmal liegen. Ob eine Minute oder eine Stunde, konnte er nicht mit Sicherheit sagen. Die Zeit, bis er wieder normal atmen konnte, erschien ihm jedenfalls lang. Sehr lang. Weit entfernt klingende Stimmen fragten immer wieder: »Geht es Ihnen gut? Hallo! Sind Sie in Ordnung?« Als er schließlich die Augen öffnete, standen seine Retter um ihn herum und blickten ihn erwartungsvoll an.

»Danke! Ihr habt mein Leben gerettet! Danke!« Es fiel ihm noch etwas schwer zu sprechen, aber diese Worte musste er loswerden. Erst jetzt dachte er wieder an seine Tochter. Ruckartig stand er auf, wankte und brach zusammen. »Langsam, langsam!«, hörte er eine unbekannte Frauenstimme neben sich sagen. Dieser Anweisung Folge zu leisten fiel ihm zwar schwer, aber es schien unabdingbar. Nach wenigen Minuten versuchte er es erneut und konnte sich auf den Füßen halten. Als er sich die Umstehenden betrachtete, erkannte er seine halbe Nachbarschaft wieder.

»Habt ihr die Steffi gesehen?«, fragte er sofort.

»Ich glaube nicht. Es werden einige vermisst, habe ich gehört. Die Fluten haben mehrere Menschen mitgerissen.« Sein Herz drohte zu zerreißen. »Aber als das Wasser nur knietief war, konnten schon viele Anwohner gerettet werden. Vielleicht war sie dabei.« Hoffnung keimte in ihm auf.

»Wo sind die hingebracht worden?«

Zunächst schien niemand eine Antwort zu haben. Doch ein älterer Herr, den er nicht kannte, ergriff das Wort.

»Ich habe beiläufig mitbekommen, dass einige zum Marktplatz hochgebracht worden sind, um dort erstversorgt zu werden.«

Der Marktplatz. Hätte er nur das andere Ufer angesteuert! Doch woher sollte er das wissen? Nun lagen jedenfalls die strömenden Fluten zwischen ihm und der Hoffnung.

»Ist noch irgendeine Brücke befahrbar?«, fragte er daher.

»Da geht nichts mehr. Alles dicht.«

Das hatte er sich bereits gedacht. Aber nun, da er ein Ziel vor Augen hatte, wollte er sich von nichts mehr aufhalten lassen. Er sah sich um und fand einen Einsatzleiter der Feuerwehr.

»Wissen Sie, wie es hinter Neukirchen aussieht? Kommt man da noch durch die Wassermassen? Ich muss auf die andere Seite, um nach meiner Tochter zu suchen.« Der Mann hielt kurz inne und überlegte.

»Ich glaube schon, der Pegel fällt dort bereits. Über Ulbering könnte es gehen.«

»Dann versuche ich es!« Alfons wollte sofort zu seinem Auto marschieren, da hielt ihn der Feuerwehrmann auf.

»Ich habe auch Kinder. Viel Glück!«

Sie nickten sich zu, um die Gefühle eines Vaters wissend.

Alfons musste nun den gesamten Weg zurückgehen, den er zuvor mit dem Boot gefahren war. Was er auf diesen paar hundert Metern alles zu sehen bekam, würde er sein Leben lang nicht mehr vergessen. Verdrängen vielleicht. Aber nicht vergessen.

Nach den ersten Schritten musste er zum ersten Mal ausweichen. Die Fluten hatten den Asphalt unterspült, sodass ein ganzer Straßenabschnitt auf der einen Seite in die Fluten, auf der anderen Seite aber eineinhalb Meter in die Höhe ragte. Darunter lagen ein Rasierapparat und diverse Badezimmerutensilien. Irgendjemandes Badezimmer war fortgespült worden. Auf diesen Bereich des Weges zu treten, wäre lebensgefährlich gewesen. Die Alternativroute führte ihn über einen gepflasterten Bereich, dessen Einfassung aus Granit einfach in kleine Teile zerbrochen war. Welch unglaubliche Kraft Wasser hatte!

Um sich von der zerstörerischen Gewalt abzulenken, richtete er sein Augenmerk eher auf die Menschen um ihn herum.

Die verschiedensten Uniformen konnte man geschäftig umhereilen sehen. Sanitäter, Feuerwehren aus dem gesamten Landkreis, Polizei, Technisches Hilfswerk und Wasserwacht konnte er finden. Ihre Geschäftigkeit erfüllte ihn ein Stück weit mit Zuversicht.

Doch dazwischen fand er die wahren Tragödien. Ein älterer Herr schimpfte eine Frau aus, weil diese nicht die Sparbücher mit gerettet hatte. Daneben saß eine Frau auf dem verschlammten Bürgersteig und weinte, das Gesicht tief in den Händen vergraben. Eine junge Frau kam auf ihn zu und fragte: »Haben Sie meinen Hund gesehen?« Sein Kopfschütteln ließ sie wortlos weitersuchen. In einiger Entfernung konnte er einige Jugendliche Selfies machen und mit einer Flasche Hochprozentigem in der Hand laut umhergrölen sehen. In der Nähe klammerte sich ein Kind an seine Mutter, die selbst mit den Tränen kämpfte.

So viele Emotionen.

So viele Reaktionen.

So viel Verlust und Leid.

Auch Alfons wurde davon übermannt und konnte die Tränen nicht mehr zurückhalten. Zu groß war die Sorge um das Wohlergehen seiner über alles geliebten Tochter.

Nachdem er sich wieder gefangen hatte, stand er vor einem neuen Problem. Um zu seinem Auto zu gelangen, musste er einen kleinen Seitenarm der Flut überqueren, ohne zu wissen, wie tief dieser war. Es handelte sich um ein ungefähr zehn Meter langes Stück strömenden Wassers. Sicherlich hätte er einen anderen Weg finden können, doch dieser wäre deutlich länger geworden. Also versuchte er Fußlänge für Fußlänge das Wasser zu durchqueren. Anfangs war es nur etwa knöcheltief. Doch mit jedem kleinen Schritt wurde es tiefer. Zur Mitte hin reichte ihm das Wasser bereits bis zu den Knien, wobei die Strömung so stark war, dass er sich kaum mehr halten konnte. Unter Wasser trieben immer wieder irgendwelche Gegenstände gegen seine Waden und verursachten zunehmend Schmerzen. Es stank nach

Heizöl, weshalb er vermutete, dass ein entsprechender Tank im Keller eines Hauses beschädigt worden war. Eine gefühlte Ewigkeit später erreichte er die andere Seite und besah sich seine Beine. Am linken Knöchel fand er eine klaffende Wunde. Doch wie er feststellte, konnte er noch auftreten, weshalb er ohne zu zögern weiter zu seinem Auto ging.

# Am frühen Abend - Im Trockenen

Bevor er in seinen Wagen stieg, zog er die völlig durchnässten Schuhe und Socken aus, krempelte die Hosen hoch und holte seinen Straßenatlas aus dem Handschuhfach. In Triftern konnte er nicht über die Wassermassen gelangen. Auf der anderen Seite vermutete er aber seine Tochter. Über Neukirchen und Ulbering könnte der Weg frei sein, hatte er erfahren. Nur kannte er die kleinen Nebenstraßen nicht. Deshalb vergewisserte er sich, dass er sich auf dieser Route nicht verfahren konnte. Sollte der Weg passierbar sein, würde er an sein Ziel gelangen. Während er am Fahrzeug stand und das

Kartenmaterial studierte, flogen mehrere Helikopter über ihn hinweg. Die Rettungsmaßnahmen wurden also intensiviert.

Er startete den Wagen und bog in die Straße nach Neukirchen ein. Im zweiten Gang schlich er vorwärts. Immer wieder wurde zwischen den Häusern der Blick auf die Fluten frei.

Was für eine Katastrophe! Bei uns daheim!

Mitten in Niederbayern.

Es fühlte sich so unwirklich, so unfassbar an. Ihm wurde schlecht. All die Aufregungen der letzten Stunden wurden ihm zu viel. Er hielt seinen Wagen an, öffnete die Fahrertür und übergab sich auf die Straße. Nachdem er sich den Mund abgewischt und tief durchgeatmet hatte, sammelte er sich, schloss die Tür und fuhr weiter.

Neukirchen war leicht zu erreichen. Er bog links in die Hauptverbindungsstraße zwischen Pfarrkirchen und Simbach am Inn ein und fuhr weiter Richtung Ulbering. Am Ortsausgang musste er dazu erneut links abbiegen, was bedeutete, dass er nun wieder Richtung Hochwasserzone fuhr. Tatsächlich konnte er aber an dieser Stelle noch die Wassermassen überqueren, weil die Straße etwas erhöht lag.

Die Strecke war sehr hügelig. Wann immer er in eine Talsenke gelangte, konnte er am Straßenrand kleinere Überflutungen von den Feldern her erkennen. Überall sah er Menschen, die gegen das Wasser ankämpften. Auf einem überschwemmten Feldweg beobachtete er einen Landwirt, der mit dem Traktor und einer Frontschaufel versuchte, das Wasser vor sich her zu schieben. Natürlich ohne Erfolg. Zu welch absurden Kurzschlussreaktionen diese unglaublichen Naturgewalten manche Menschen brachten!

Von diesem Anblick noch abgelenkt, hätte er beinahe übersehen, dass direkt vor ihm die Straße fehlte. Nicht nur ein Stück. Nein, sie fehlte vollends. Er bremste mit quietschenden Reifen und brachte den Wagen gerade noch zum Stehen. Um einen genaueren Blick auf die Überreste zu werfen, verließ er das Fahrzeug. Direkt vor seinem Vorderreifen war der Asphalt unterspült worden. Dadurch war die Fahrbahn zwei Meter in die Flutmulde abgerutscht. Neben dem Bankett schien die Wiese aber intakt. Ob die ein Auto tragen konnte?

Einige Minuten rang er mit sich selbst. Der Wille gewann die Oberhand. Die Vernunft unterlag. Mit ernstem Gesichtsausdruck und zusammengepressten Lippen lenkte er sein Auto vorsichtig in die Wiese und versuchte so, das Hindernis zu umfahren. Und tatsächlich: Es gelang!

Das Herz schlug ihm bis zum Hals, aber er konnte zumindest seinen Weg fortsetzen.

Er fuhr weiter Richtung Ulbering, bog dann in die Straße nach Triftern ein.

Bis in den Ort konnte er nicht vorstoßen, die Polizei hatte die Zufahrt abgeriegelt, um den Hilfskräften Platz für ihre Fahrzeuge zu verschaffen. Er stellte also seinen Wagen am Straßenrand ab, zog die nassen Socken und Schuhe wieder an und ging zu Fuß den Berg hinab Richtung Ort. Immer wieder musste er Fahrzeugen der Feuerwehr ausweichen.

Als er an seiner Lieblingspizzeria vorbei in den Markt marschierte, konnte er das volle Ausmaß der Verwüstung erkennen.

Überall Wasser und Schlamm.

Zerstörte Fahrzeuge.

Schutt und Treibgut.

Die Pegelstände schienen bereits zu sinken, wie er an den Verschmutzungen erkennen konnte.

Doch was ihn am meisten traf, waren die Menschen und die Gefühlsregungen, die sie offenbarten. Selbst hartgesottene Einsatzkräfte schienen so etwas noch nie erlebt zu haben. Er sah Familien, die sich umarmten. Daneben bemerkte er einen Mann, der vor seinem überschwemmten Haus stand und hellauf lachte. Einige saßen auf den Bürgersteigen und ließen einfach nur den Kopf hängen. Natürlich suchte er den gesamten Platz nach seiner geliebten Steffi ab. Aber er konnte sie nicht finden. Sollte sie tatsächlich weggeschwemmt worden sein? Zum ersten Mal konnte er sich dieses Gedankens nicht mehr erwehren.

Ein Polizist stand auf einer Treppe und notierte gerade etwas.

»Entschuldigung. Ich wohne da vorne und suche meine Tochter. Jemand sagte, es wären Menschen von dort evakuiert worden. War meine Tochter dabei? Steffi Anzinger heißt sie.«

»Wir konnten die Personalien noch nicht von allen aufnehmen. Aber ich funke mal durch. Dann sollen die Kollegen die Gruppe mal durchfragen.«

Seit er damals um die Hand seiner Frau angehalten hatte, hatte er nicht mehr mit so viel Herz auf eine positive Antwort gehofft. Es dauerte etwa zehn Minuten, bis das Resultat kam. Die längsten zehn Minuten seines Lebens.

Der Polizist bekam einen Funkspruch. Anschließend schritt er langsam auf Alfons zu.

»Also, die Kollegen konnten Ihre Tochter nicht finden. Es tut mir sehr leid. Sie war nicht bei den Evakuierten. Wir haben ja jetzt die Personalien. Wir können Sie momentan nur nicht kontaktieren, falls wir sie finden. Handynetz und Telefon sind ausgefallen. Am besten fahren Sie nach Hause und warten auf einen Anruf aus der Zentrale.«

Sein Vaterherz fühlte sich gerade an, als würde es zerbrechen.

»Vielen Dank! Ich werde mich hier selbst noch etwas umsehen.«

Nach Hause zu fahren stand derzeit nicht zur Diskussion. Zumal es unter Wasser stand. Er begann die Umstehenden zu befragen, doch ohne Ergebnis. Niemand hatte seine Tochter gesehen. Ein freiwilliger Helfer ging auf ihn zu und bot ihm etwas zu trinken an. Erst jetzt bemerkte er, dass er hungrig und durstig war.

»Steht Ihr Haus auch unter Wasser?«, fragte der junge Mann.

»Ja, aber das ist mir momentan komplett egal. Ich kann meine Tochter nicht finden. Sie ist nicht in der Wohnung, das habe ich überprüft. In der Sammelstation für Evakuierte ist sie auch nicht.« Alfons hatte keine Kraft mehr. Wo er stand, setzte er sich auf den Boden. »Ich darf sie nicht verlieren. Ich habe erst vor ein paar Jahren meine Frau beerdigt.«

Alfons begann zu schluchzen. Der junge Mann setzte sich neben ihn, legte einen Arm um ihn und weinte mit ihm. Zwei Männer, die sich zuvor nie begegnet waren, saßen beieinander und weinten.

»Geben Sie die Hoffnung nicht auf. Sie werden sie bestimmt finden.«

Alfons rieb sich die Augen.

»Danke! Ich gehe sie jetzt weitersuchen.«

Sie standen auf und umarmten sich

nochmals. Ohne weitere Worte gingen beide ihres Weges.

# Am späten Abend - Dunkelheit

Wo sollte er nur anfangen? Ohne zu wissen, warum, ging er in Richtung seines Hauses. Natürlich war er sich dessen gewahr, dass er nicht tatsächlich dorthin gelangen konnte. Auf seinem Weg fragte er jeden Passanten nach seiner Tochter, doch niemand hatte Informationen. Am Rand der Fluten angekommen, blieb er stehen und betrachtete das Wasser und die vorbeischwimmenden Gegenstände. Möbelstücke, Teddybären, Schuhe, Holzscheite und, und, und. Er schluckte. Wieder liefen ihm die Tränen über die Wangen, nur hatte er diesmal keine Energie mehr, sie abzuwischen.

Seinen Blick abwendend erschrak er. Wenige Meter neben ihm war der zweite Schuh seiner Tochter angespült worden. Sofort erkannte er ihn, es handelte sich um Stoffschuhe, die sie selbst aus Langeweile im Unterricht angemalt hatte. Verwaschen war die Farbe, aber er konnte noch die Liedtexte erkennen, die sie darauf geschrieben hatte.

Er hob den Schuh auf und strich mit der Handfläche darüber. Fast konnte er den Fuß seiner Tochter darin spüren. Was gäbe er jetzt für ihre Anwesenheit. Mit dem Sneaker in der Hand trottete er entlang der Wasserlinie weiter. Vorbei an Menschen, die mit den verschiedensten Arbeiten beschäftigt waren. Beiläufig merkte er, dass das Wasser immer weniger wurde. In einiger Entfernung konnte er ein junges Mädchen stehen sehen. Es trug die Jacke seiner lieben Steffi.

# Am späten Abend - Hoffnung

Er ließ den Schuh fallen und rannte los. Bei jedem Schritt machten seine triefenden Schuhe ein quietschendes Geräusch. Als er sie erreichte, nahm er sie an der Schulter und drehte sie um. Er wollte sie umarmen, doch es war nicht seine Tochter. Ein ganz anderes Mädchen trug ihre Jacke. Den Schmerz, den er bei ihrem Anblick spürte, konnte er gar nicht fassen. Sie war es nicht! Er ließ sie los und stolperte rückwärts. Nach zwei Schritten hatte er keine Kraft mehr, die Beine zu heben. Er fiel einfach um.

# Am späten Abend - Verzweiflung

Vor seinem geistigen Auge zogen viele Erinnerungen an seine Familie vorbei. Wie er seiner Tochter vorgelesen, ihr das Klettern beigebracht hatte. Er dachte an ihre Anfänge in der Schule, wie sie durch den Tod seiner Frau noch enger zusammengerückt waren. Und nun verdichteten sich die Hinweise, dass auch sie Schaden genommen hatte. Während all der Gedanken saß er im Schlamm, der zurückgeblieben war, als sich die Wasser zurückgezogen hatten. Und er weinte. Still. Doch ununterbrochen liefen ihm Tränen über die Wangen.

Jemand fasste ihn an der Schulter

an. Er nahm die Berührung kaum wahr.

»Papa?«

Er traute sich nicht, den Blick zu erheben. Eine erneute Verwechslung würde er nicht ertragen.

»Papa?«

Er sah auf. Dort stand seine Tochter. Steffi. Er sprang auf und umarmte sie. So fest, dass seine Schultern schmerzten.

»Ich habe dich überall gesucht!«, schluchzte er. »Wo warst du?«

»Ich konnte gerade noch rechtzeitig aus dem Haus. Mir blieb nicht mal Zeit, Schuhe anzuziehen.« Er blickte an ihr hinab und sah sie barfuß dastehen. »Meine Jacke konnte ich noch schnappen, aber ich habe sie der Jasmin gegeben, weil sie so gefroren hat.«

Er konnte sein Glück nicht fassen.

»Papa, unser ganzes Haus ist im Eimer.« Sie senkte den Blick.

»Ist doch egal! Fangen wir eben bei null an. Heute brauchst du wenigstens nichts mehr bügeln.« Ein Lächeln huschte über sein Gesicht. »Es geht nur um uns. Wir haben uns! Und das ist alles, was wir brauchen!«

Wir haben uns! Und das ist alles, was wir brauchen!

Uns!

## Ende

**Saisonabsch(l)uss – Ein Bad Füssing Krimi**
Wellhöfer Verlag, ISBN 978-95428-198-5

Bad Füssing bot des Nachts einen besonderen Anblick. Die Straßen wurden beinahe allesamt von stattlichen Bäumen eingesäumt, unter deren Kronen die Straßenlaternen standen. Dem Passanten, der den Blick auf den Boden gerichtet hielt – sei es aus einer alkoholinduzierten Gangunsicherheit oder aus einer Grübelei heraus – entging etwas sehr Schönes: der Anblick von unten beleuchteter Baumkronen. Es hatte etwas Märchenhaft es. Nur eine Gestalt schien sich hierfür nicht begeistern zu können.

*»... allerhand kuriose Situationen, die dem Leser die Lachtränen in die Augen treiben.*

*Kurzum: Das Buch beschert dem Leser kurzweilige Lesestunden und macht Lust auf mehr ...«*

*(Passauer Neue Presse)*

**Haderlump – Eine Krimikomödie**
Twentysix, ISBN 978-374071-232-7

Zurück zur Natur. Dies war sein Vorsatz für das restliche Leben. Vor allem jetzt, wo Pfarrkirchen von einer Einbruchsserie heimgesucht wurde, schien die Anschaffung eines Hundes dafür das geeignete Mittel zu sein. Die Boxerhündin Inara purzelte das Leben der ganzen Familie gehörig durcheinander, was ihr den Spitznamen ‚Haderlump' bescherte.

Doch dass er nun ohne Gegenwehr durch eine Kugel sterben würde, hatte er nicht auf dem Plan. Sprachlos, bewegungslos und hoffnungslos saß er da und sah dem Tod ins Auge.

*„Haderlump" von A. A. Reichelt ist eine Krimikomödie. Ich habe selten bei einem Buch so sehr gelacht. Dem Autor gelingt es den Humor perfekt in der Geschichte unterzubringen. Der Handlungsort ist eine kleinen Stadt in Niederbayern, was mir als Bayer natürlich sehr gefallen hat. Ich liebe den bayrischen Dialekt, welcher gut eingebracht wurde. Die Charakter sind toll gewählt und kommen authentisch beim Leser an. Natürlich darf in einer Krimikomödie die Spannung nicht fehlen. Auch hier gelingt es A. A. Reichelt von Anfang an die Spannung zu halten, sie sogar zu steigern. Ein wirklich tolles Buch, das man kaum aus der Hand legen mag.*

*Fazit: Ein Krimi für die Lachmuskeln! Hier gebe ich gerne meine Kaufempfehlung!*

*(Mordsbuch.net)*

**JoJo und Jules – Die Schatzsuche**
Twentysix, ISBN 978-37407-1231-0

Die Schatzsuche

JoJo und Jules finden einen Hinweis auf einen Schatz. Sofort machen sie sich auf die Suche und finden dabei weitere Rätsel im Heimatmuseum und in der Stadtbücherei. Ob sie ihr Ziel erreichen? Folge den beiden Freundinnen auf ihrem Weg durch Pfarrkirchen!

Der Diebin auf der Spur

Ein Schock am ersten Schultag! Die Geldbörse der Lehrerin wurde gestohlen, und JoJo und Jules stehen unter Verdacht, die Diebe zu sein. Um ihre Unschuld zu beweisen, beschließen sie, den wahren Täter zu suchen. Doch sie finden etwas ganz anderes...

*Fazit: Eine wunderschöne Geschichte mit liebenswerten Charakteren und tollen Illustrationen, die alt und jung anspricht und berührt. Gerne mehr davon!*

*(Unsere kleine Bücherwelt)*

**<u>Andreas Artur Reichelt</u>** (´77)
Therapeut, Dozent und Schriftsteller.
Ich liebe …

… meine Familie …
… die Bibel …
… Kunst …
… Wein …
… klassische Literatur …
… Kreativität jeder Art …
… und nicht zuletzt: Espresso.
Seit 2009 schreibe ich kreativ.
Seit 2008 bin ich Familienvater.
Schon immer male ich.
Manchmal schlafe ich. Zu oft esse ich.
Und nie habe ich genug Zeit für all diese Vorlieben.